Para Arthur y Gustav

© 2012, Editorial Corimbo por la edición en español
Av. Pla del Vent 56, 08970 Sant Joan Despí, Barcelona
e-mail: corimbo@corimbo.es
www.corimbo.es
Traducción al español de Fina Marfá
1ª edición diciembre 2012
© 2007, Cristoph Niemann
Título de la edición original: "The police Cloud"
(Swartz & Wade Books imprint of a Random House Children's Book
una división de Random House, Inc. New York 2007
Impreso en Granollers (Barcelona) España
Depósito legal: B-19219-2012
ISBN: 978-84-8470-461-4

LA NUBE
POLICÍA

CHRISTOPH NIEMANN

Corimbo

Había una vez una nube que vivía en una gran ciudad. Desde que era un pequeño copo ya soñaba con ser policía.

Un día la nube le preguntó a su amigo el helicóptero:

—¿Me podrías ayudar a encontrar un trabajo en la policía? Me gustaría llevar una gorra grande y azul, y ayudar a la gente.

—Lo intentaré —le dijo el helicóptero.

Un día el helicóptero y la nube se presentaron en la oficina del jefe de la policía.
—Creo que nunca hemos tenido una nube trabajando aquí, pero estoy dispuesto a darte una oportunidad —le dijo.

Y por fin la nube pudo cumplir su sueño.

El primer día de trabajo, la nube vio a un ladrón.

—!Alto en nombre de la ley! —gritó la nube y se dirigió hacia los demás policías para ayudarles.

Pero el ladrón consiguió huir.

Al día siguiente, le encargaron que dirigiera el tráfico en un cruce por donde pasaban muchos coches.

Pero tampoco allí
consiguió buenos
resultados.

—Creo que no estoy hecho para atrapar ladrones o dirigir el tráfico —le dijo la nube al jefe de la policía—. ¿No tiene usted otro tipo de tarea para una nube policía?

—Podrías trabajar en el parque de la ciudad —le propuso el jefe de policía—. Allí puedes ayudar a las personas que se pierden y procurar que todo el mundo se lo pase bien y que nadie corra peligro.

—Eso me gustaría mucho —contestó la nube.

Pero cuando la nube empezó su ronda por el parque todos se enfurruñaron.

—Me parece que no estoy hecho para ser una nube policía —pensó. Y a pesar del esfuerzo por reprimirlas, las lágrimas empezaron a rodar por sus mejillas. Entonces se quitó la gorra y se alejó del parque lentamente.

La nube estaba cada vez más triste y no podía parar
de llorar.

Estaba tan triste y lloraba tanto que no oyó los
gritos de una casa en llamas pidiendo socorro.
—¡Salvadme! ¡Socorro! —vociferaba la casa.

Y sin darse cuenta siquiera, ¡la nube
la salvó!
—¡Eres mi héroe! —le dijo la casa.

Cuando llegaron los bomberos se quedaron impresionados al ver que la nube, sin ayuda de nadie, había apagado el incendio.

El jefe de policía felicitó a la nube.
—¿Te gustaría trabajar de bombero? —le
preguntó—. ¡Una nube como tú sería muy útil!

—Eso me gustaría mucho —dijo la nube...

Y así fue.